L'AGE NOUVEAU

PAR

VICTOR DE LAPRADE.

LYON.
IMPRIMERIE DE L. BOITEL,
QUAI SAINT-ANTOINE, 36.

1847.

L'AGE NOUVEAU

PAR

VICTOR DE LAPRADE.

LYON.
IMPRIMERIE DE L. BOITEL,
QUAI SAINT-ANTOINE, 36.

1847.

L'AGE NOUVEAU.

Extrait de la Revue du Lyonnais

L'AGE NOUVEAU.

I.

Quand la lumière eut percé l'ombre
Des éléments tumultueux,
Quand l'homme apparut dans le nombre
De tes habitants monstrueux,
O Terre, ô puissante nature,
Dans cette infime créature
Qui te contemple avec effroi,
Dans ce dernier né de la fange,
Sous la brute as-tu senti l'ange,
O Terre, as-tu connu ton roi?

Perdu dans son terrible empire,
Vois-le, seul en sa nudité;
Tout le menace et tout conspire
Contre sa frêle royauté;
Sous ses pas le sol tremble et fume,
Un mont croule, un volcan s'allume,
La mer vomit les grandes eaux;

Impur géant des premiers âges,
L'hydre, autour des longs marécages,
Souffle la mort de ses naseaux.

Un arbuste, un fruit sans défense,
Un insecte au venin subtil,
Tout cache à sa débile enfance
Quelque mystérieux péril;
Que pourra sa main désarmée?
D'ennemis la terre est semée;
Vivra-t-il même une saison?
Pour lutter avec la matière,
Pour vaincre la nature entière,
Quelle est sa force? la raison.

II.

Il pense, la nature est dès lors sa vassale;
L'âme agite la masse inerte et colossale.
La pensée asservit le granit et l'airain.
L'esprit fait circuler la sève dans la plante,
Il déchaîne la neige ou la lave brûlante;
Des éléments discords l'esprit est souverain.

Pensée, esprit, raison, c'est la force qui crée;
C'est, après les six jours, la parole sacrée
Qui dit: c'est bien! devant son ouvrage accompli.
La raison, c'est l'essieu sur qui tourne le globe,
C'est le germe des fleurs dont l'été peint sa robe,
Le souffle lumineux dont l'espace est rempli.

Dans l'univers, à flots, elle s'est élancée;
Et, sur la terre, elle a son siége en ta pensée,

Homme, sa voix te parle à toute heure, en tout lieu;
Toi seul peux librement l'aimer et t'y soumettre;
De l'aveugle matière elle te rend le maître;
La nature obéit, car la raison c'est Dieu.

III.

Va donc, esprit humain, dans cette arène immense,
Dieu même en toi soutient la lutte qui commence;
A ton tour, imitant l'œuvre de ton auteur,
O fils semblable à lui, tu seras créateur!
Mais lui seul est sans borne en sa toute puissance;
Tu n'enfanteras rien qu'à force de souffrance,
Tu devras lentement prendre à Dieu ses secrets
Patience et douleur, c'est la loi du progrès.

Ah! que la terre a bu de sueurs et de larmes,
Depuis l'heure où contre elle un homme a pris les armes;
Où ses chênes, vaincus pour la première fois,
Ont fait place aux cités qui germaient sous les bois;
Où, du fer tout récent chargeant nos mains craintives,
La hache a fait trembler les forêts primitives,
Et de leur temple obscur crevé l'épais rideau;
Où les leviers ont pu mouvoir le lourd fardeau
Des blocs cyclopéens redressés en murailles;
Où la bèche a des champs entamé les entrailles!

Déjà les animaux servent l'homme, contraints
De prêter à nos bras la vigueur de leurs reins.
Bientôt tous tes pouvoirs, soumis l'un après l'autre,
Nature, contre toi, viendront en aide au nôtre.
Chaque jour, au travail, l'homme courbe à son gré
Un être qu'en naissant il avait adoré.

C'étaient ses jeux d'enfants ! les nations adultes,
O nature, ont conquis tes puissances occultes,
Et, jusques dans tes flancs déchirés et meurtris,
Des fluides secrets le travail est surpris.
L'homme sait évoquer et copier la vie;
Il enferme en des corps la force ainsi ravie,
Et désormais sans crainte, avec le feu fatal,
La main de Prométhée anime le métal.

IV.

De quelle ambition plus haute
Peux-tu donc t'enivrer encor,
Homme, infatigable Argonaute
De l'éternelle toison d'or?
Tes pères, sur leurs nefs rapides,
Ont déjà dans les Hespérides,
Dans les mystiques Atlantides,
Cueilli le fruit de l'inconnu;
Ton cœur que nul effort n'épuise,
Rêve un autre monde et méprise
Tous ceux dont il est revenu.

Le volcan rentre en sa caverne;
L'hydre expire en son lit fangeux;
Ton bras emprisonne et gouverne
Le cours des fleuves orageux.
Depuis les monstres d'Erymanthe,
Le lion, la louve écumante,
En vain la nature fermente,
Tu n'as point d'ennemis nouveaux;
Et, cependant, pour ton Hercule,

Un désir infini recule
La borne des douze travaux.

Les vallons, la plaine assainie
Roulent des flots d'épis pour toi.
Des corps lointains le vieux génie
Te voit passer avec effroi.
Les bois, ces voiles de la terre,
Les antres n'ont plus de mystère.
Ta maison couvre le cratère ;
Et la colline au flanc divin,
Au lieu de cendre et de fumée,
Des prés, de la vigne embaumée
Fait couler le lait et le vin.

Avec des monts que tu déplaces
Sur d'autres sommets, tous les jours,
Tes mains qui ne sont jamais lasses,
Dressent les villes et les tours ;
Sur leur cime démesurée
Tu lèves ta tête assurée ;
Des astres la plaine azurée
S'abaisse au niveau de tes yeux ;
Et si, pour te réduire en poudre,
Un dieu, là haut, cherchait sa foudre,
Tu sais la dérober aux cieux.

Tu sais fabriquer un tonnerre ;
A ton caprice, il frappe ou dort,
Et caché, du fond de ton aire,
Au loin tu promènes la mort ;
Le salpètre que tu déchaînes
Fait, sur les montagnes prochaines,
Partir le granit et les chênes,
Voler Pélion sur Ossa ;

Au ciel, , qui garde le silence,
C'est un nouveau Titan qui lance
Les rochers que l'autre entassa.

Sous terre, dans les lacs de soufre,
Tu plonges ton avide main ;
Les grandes mers n'ont pas un gouffre
Qui puisse barrer ton chemin ;
Au bout d'un horizon sans borne
Où la nuit voile, en un ciel morne,
L'Ours, la Vierge et le Capricorne,
Ton vaisseau sait trouver le port,
Et tu vois ces nouvelles grèves
Vers qui se tournaient tes longs rêves,
Comme l'aimant se tourne au nord.

Plus haut que l'aigle et le nuage,
L'air léger que tu rends captif,
Comme une étoile qui voyage,
Berce dans les cieux ton esquif.
Tu perces d'une agile sonde
Du globe l'écorce profonde,
Et des premiers âges du monde
Tu ressuscites les débris ;
Jusqu'à la centrale fournaise
Tous les secrets de sa genèse,
Ta sagesse les a surpris.

V.

Laisse enfin reposer ta pensée inquiète
Homme, que manque-t-il encore à ta conquête ;
Tu perçois le tribut des éléments soumis,
Qu'exiges-tu de plus de ces vieux ennemis?

VI.

« Je veux, prompt comme un dieu, sillonnant mon domaine,
Qu'un flamboyant coursier sans trève m'y promène
Des sables du Tropique au glacier boréal.
Je veux, le même jour, suivre à ma fantaisie,
Sous le chêne d'Europe ou le palmier d'Asie,
Mon rêve où j'entrevois le soleil idéal.

Je me veux affranchir de tous travaux serviles;
Je veux pour ouvriers, dans mes champs, dans mes villes,
Animer des métaux le peuple souterrain.
Avec mes lourds taureaux, mes chevaux, mes molosses,
Je veux à m'obéir dresser d'ardents colosses
    Au cœur de flamme, aux bras d'airain.

Puisqu'ici-bas mes jours, dont nul ne doit renaître,
Sont si courts pour aimer, pour agir, pour connaître,
Que l'œuvre plus rapide allonge les instants!
Je veux faire tenir dans une heure de vie
Un siècle tout entier du bonheur que j'envie,
Anéantir l'espace, éterniser le temps! »

VII.

Tel est notre âge, épris de superbes pensées;
Qui donc ose sourire et les dire insensées?
Dieu seul peut mesurer la carrière à nos pas;
L'Océan a son lit, notre âme ne l'a pas.

Prométhée a trouvé dans sa forge profonde
L'inflexible levier qui doit mouvoir le monde,

Et qui, par le secours de quelques gouttes d'eau,
Peut d'Atlas fatigué soutenir le fardeau.
Quel pouvoir, tout-à-coup, donne à cette eau paisible
Des poumons du volcan le souffle irrésistible ?
Ce n'est qu'un charbon vil, mais touché par le feu,
Et le feu c'est l'agent du soleil et de Dieu.

VIII.

Le feu, le vrai nom, le symbole
De l'amour souverain moteur !
Il s'élance avec la parole
De la lèvre du Créateur.
Verbe qui rayonne et pénètre,
Dans l'espace à flots sème l'être,
Il est l'éternelle action,
Le feu, père de toute force,
Qui de ce globe ouvre l'écorce,
Elément de l'expansion !

La vie en flammes jaillissantes
Court sur la terre et dans les cieux,
Des sphères d'or retentissantes
Le feu fait tourner les essieux ;
C'est l'amour du Dieu qui nous aime ;
Il est sorti de son sein même,
Il a fecondé le chaos ;
Il tira les cieux et la terre
Du fond de l'être solitaire
Dont l'esprit flottait sur les eaux.

Dès qu'à l'homme-enfant le révèle
Du génie un heureux larcin,
Les arts dans la cité nouvelle

Arrivent en joyeux essaim.
C'est le feu qui métamorphose ;
Il fait obéir toute chose,
Il donne une âme au corps grossier ;
Du vase, à son toucher magique,
L'eau fuit d'un essor énergique
Et meut une forêt d'acier.

IX.

Voyez ! un homme encore, un ouvrier fragile
A fait vivre le fer comme autrefois l'argile.
Le ciel cède, à la fin, ses secrets au Titan.
De l'antre créateur la machine animée
Sort, plus rapide et mieux armée
Que Mammouth et Léviathan.

Regardez, sans terreur, sous ses noires écailles,
Du monstre obéissant palpiter les entrailles ;
Son cœur est un brasier béant comme l'enfer,
Et l'onde qui l'abreuve en vapeurs dilatée,
D'un haleine précipitée
Soulève ses poumons de fer.

Quel coursier chimérique et dévorant l'espace,
Quel dragon dans son vol, quel aigle le dépasse ?
Soit que des longs rail-ways il suive les réseaux,
Ou qu'ébréchant les flancs des larges promontoires,
Il fasse, au coup de ses nageoires,
Une tempête sur les eaux.

Quand l'hydre aux mille anneaux dans les plaines rampante
Roule d'énormes chars un convoi qui serpente,

Lorsqu'au loin dans le ciel sa crête rouge a lui,
A sa masse, à son bruit de lave souterraine,
On dirait un volcan qui traîne
La chaîne des monts après lui.

Et le monstre, docile aux caprices de l'homme,
Se plie aux vils travaux de la bête de somme;
Naguère il poursuivait le mobile horizon,
Il va, bientôt, aveugle et le mors dans la gueule,
Tourner une incessante meule
Dans l'atelier, morne prison.

Ou bien, près du cratère où la fonte s'allume,
De son bras de cyclope il fait sur une enclume
Bondir, à temps égal, les noirs et lourds marteaux;
Ou, puisant au milieu de la lave qui coule,
Il sait dans les contours du moule
Pétrir du doigt les durs métaux.

Il a tourné la roue et mu l'agile rame;
Sur le métier soyeux où l'écharpe se trame
Il conduit la navette, et des fibres du lin,
La vierge aux doigts légers, qu'à sa lèvre elle mouille,
Sur le fuseau de sa quenouille
Forme un fil moins souple et moins fin.

Avec Dieu même ainsi l'art humain rivalise;
De l'homme et du destin la lutte s'égalise;
Notre science engendre un être et le nourrit;
Dans son creuset magique, au feu qui les amorce,
Les charbons se changent en force,
La matière devient esprit.

X.

Quel penseur radieux, à l'aube de ses veilles,
Vit poindre le premier ces fécondes merveilles;
Quel nom de demi-dieu l'homme reconnaissant
Donnera-t-il au siècle à ces clartés naissant,
Et, pour un Panthéon, où peu doivent descendre,
Quel peuple avec orgueil peut réclamer sa cendre!
Italie! est-ce toi, prêtresse du vrai beau,
Dont le soleil de Grèce alluma le flambeau;
Sibylle aux longs regards qui des déserts de l'onde
Par les yeux de Colomb a vu surgir un monde?
Allemagne! ou bien toi, qui, dans les champs du ciel,
Cueilles la pure idée aux confins du réel,
Et dont le doigt profond creuse avec patience
Les puits mystérieux d'où jaillit la science?
Ou toi, dont les métiers prompts comme tes vaisseaux
Travaillent jour et nuit défendus par les eaux,
Angleterre? ou bien toi, dont le nom à ma bouche
Semble un souffle du ciel embrâsant ce qu'il touche,
Toi, France, dont mes vers en disant les grandeurs
D'une lave sans fin verseraient les ardeurs?

XI.

Mais, dans la pacifique arène
Ouverte aux sages curieux,
Où l'humanité devient reine
De ces pouvoirs mystérieux,
Il faut que des mains différentes
A ces luttes persévérantes
Viennent s'appliquer tour-à-tour;
Il faut, pour enrichir ce glob

Des secrets qu'au ciel on dérobe,
Plus d'un seul peuple et d'un seul jour.

Ce hardi ravisseur qui dompte
L'onde et le feu comme un coursier,
Qui donne une âme souple et prompte
A ce monstre aux muscles d'acier,
Il n'est pas fils de l'Allemagne,
De la France ou de la Bretagne;
Pour lui le temps n'est pas compté;
Il est plus vieux que notre histoire,
De son vaste laboratoire
L'horizon est illimité.

Nul penseur, nul divin artiste
De l'âge qui naît aujourd'hui
Ne peut, dans sa gloire égoïste,
Revendiquer le nom pour lui.
Ce sage à la foi longue et ferme
Qui découvrait hier le germe
Pour le faire éclore demain,
Il habite, en sa longue étude,
De l'une à l'autre latitude,
Il s'appelle l'esprit humain!

XII.

Fils de l'homme, c'est bien! la nature est soumise;
Ta liberté grandit des forces qu'elle y puise.
Un nouveau serviteur docile et tout puissant
Fait passer sous ton joug l'univers frémissant;
Et l'inerte matière, en te livrant sa flamme,
Augmente à ses dépens le domaine de l'âme.

Quand ton coursier s'élance à ton signal, ô roi,
L'espace t'appartient et le temps est à toi ;
Tu vas, et des rochers ton front perce les bases,
Tu remplis les vallons des sommets que tu rases,
L'éclair traîne ton char, la foudre est dans tes mains,
Homme, que feras-tu de ces dons surhumains ?

XIII.

Dans le fer des leviers quand l'âme semble entrée
De ton cœur endurci s'est-elle retirée ;
Faut-il voiler la lyre et les autels en deuil ;
Ces ouvriers d'airain, qu'un feu pur a fait naître,
Ne vont-ils préparer des loisirs à leur maître
Que pour remplir ses jours de luxure et d'orgueil ?

Des éléments vaincus as-tu fait tes complices
Pour mettre leur armée aux ordres de tes vices ?
Sous le joug de la chair, à ton tour, tu descends.
Dieu ne t'a-t-il donné la ferme de sa vigne
Que pour t'y voir cueillir, ô serviteur indigne,
La vendange impure des sens ?

XIV.

La richesse, à flots entassée,
S'accroît dans tes mains chaque jour ;
Mais sera-t-elle dispensée
Par l'égoïsme ou par l'amour ?
Verrons-nous, les croyant bannies
L'injustice et les tyrannies
Dans nos foyers rentrer plus tard ;
Des fruits de la terre promise

Que tant de douleurs ont conquise
Le pauvre obtiendra-t-il sa part ?

Verrons-nous une ère avilie ;
Un siècle avare et sans essor
Où toute grandeur s'humilie
Sous la main qui possède l'or ?
La science a trouvé des mondes,
Aplani les monts et les ondes,
Dompté leurs fauves habitants ;
Vers un autre Eden elle aspire ;
Est-ce pour en livrer l'empire
Aux sordides mains des traitants ?

Nos travaux rapprochent les villes
Unissent les deux Océans ;
Verrons-nous des haines civiles
Les abîmes toujours béants ?
Toujours l'un à l'autre contraires
Ferons-nous du mal de nos frères
Le but de nos ambitions ?
Abjurons enfin nos discordes ;
Comme une lyre a plusieurs cordes
La terre a plusieurs nations.

Tous enfin, la famille entière,
Riches, pauvres, grands et petits,
Avons-nous dompté la matière
Pour en garder les appétits ?
L'âge d'or vu par nos prophètes,
N'est-ce que du pain et des fêtes,
Le cœur n'a-t-il donc pas ses maux ?
L'homme veut-il dans sa nature
Ne rien chercher que la pâture
Qu'y trouvent de vils animaux ?

XV

O poète, ô pasteur des humaines pensées,
Qui leur montres du doigt les haltes avancées,
Qui, suivant de l'amour le flambeau toujours sûr,
Sais, loin du sable aride et du marais impur,
A ta flûte entraînant les jeunes rêveries,
Les attirer aux fleurs des divines prairies;
Toi, dont le pas enseigne au troupeau rallié
Du céleste bercail le chemin oublié;
Toi, dont la voix s'élève entre les voix charnelles,
Chaste et docile écho des lyres éternelles;
Toi, qui portes dans l'or de ton cœur filial
Un rayon toujours chaud du soleil idéal;
Gardien du feu pur, non, tu n'as pas à craindre
Qu'un souffle épais des sens ne vienne à nous l'éteindre;
Tu le sais mieux que nous, un dieu nous tend la main,
Chaque siècle vers lui pousse le genre humain.

Donc, malgré cette nuit qui l'obscurcit encore,
De l'âge industrieux salue aussi l'aurore;
Dis-nous l'Antée impur par Hercule étouffé,
Chante le Dieu du jour dont l'arc a triomphé,
Vois Python expirant dans sa fange se tordre,
Et des siècles meilleurs naître le nouvel ordre.
Du haut du mont sacré, dominant nos combats,
Montre-nous cette terre où tu n'entreras pas,
Fais-nous voir, embrassant l'un et l'autre hémisphère,
Du champ donné par Dieu ce que l'homme a su faire.

C'était peu de dompter les taureaux écumants,
Il a mis sous le joug même les éléments;

Comme un dieu, désormais, il crée à son image,
Et des êtres nouveaux viennent lui rendre hommage ;
Un peuple industrieux façonné de sa main
Des plus rudes labeurs l'affranchira demain.
La terre, cultivée avec art et prudence,
De moissons et de fruits se couvre en abondance ;
Dans les vastes cités qui n'ont plus de remparts
La joyeuse concorde en fait de justes parts,
Comme entre ses enfants la mère de famille ;
Car d'un sourire égal la loi pour chacun brille,
Et l'amour, plus divin, fait dans un but commun,
Que chacun vit pour tous, comme tous pour chacun.
Le temps a renversé les jalouses frontières
Qui séparaient les cœurs des nations altières,
Les ennemis lointains, réunis et charmés,
En se voyant de près bientôt se sont aimés,
Et foulant tous aux pieds, leurs idoles contraires,
Les fils du même dieu se sont connus pour frères.
Délivré de la glèbe et des plus durs besoins
Aux champs intérieurs l'homme apporte ses soins ;
Le plus humble a sa part du pain de la science,
Un soleil plus serein luit dans sa conscience,
Son esprit s'initie à de nobles plaisirs
Et bénit l'art divin qui lui fit ces loisirs.

XVI.

Une voix d'en haut vient conduire
L'hymne par cent peuples chanté ;
Toute âme a des sons pour la lyre
Tout front a sa part de beauté.
Ecartant ses voiles austères
La nature a moins de mystères,
Chaque homme y peut lire à son tour,

Avec le cœur on l'étudie,
La science vole agrandie
Sur l'aile sainte de l'amour.

L'esprit, souverain plus paisible,
Des sens perce mieux la prison ;
Devant lui du monde invisible
Il voit s'élargir l'horizon.
Le jour luit sur chaque problème.
L'homme écoute mieux dans lui-même
Ce verbe à notre chair uni ;
Son regard que l'amour épure
En Dieu contemplant la nature
Va plus avant dans l'infini.

Plus haut vers le ciel il s'élève,
Plus il descend au fond de soi,
Dans son étude et dans son rêve
Il retrouve la même loi ;
L'art la grave dans ses symboles,
Dans les actes et les paroles
Elle vit et règne en tout lieu ;
Un souffle envoyé sur la terre
Renouvelant sa face entière
Fait tout à l'image de Dieu.

Car l'avenir qui s'édifie,
L'espoir de nos travaux puissants,
Notre but que tout sanctifie
Ce n'est pas l'âge d'or des sens.
Oui, le seul progrès véritable
Est dans la loi plus équitable,
Est dans l'idéal mieux compris ;
Dans la paix chère à la sagesse

Qui distribue avec largesse
La lumière à tous les esprits.

Les bruits du siècle en vain t'effrayent,
Poète qui vis par le cœur,
Sur tous ces chemins qui se frayent
C'est Dieu qui passera vainqueur.
Ceux qui travaillent à ces voies
Ne rêvent que charnelles joies
Ivresse, orgueil et vils plaisirs,
Pour eux la nature asservie
N'est qu'une table mieux servie,
Un lit pour leurs prochains loisirs.

Répandez cet impur présage
Vous que flatte un tel avenir ;
Et vous qui dévorez notre âge
Rêvez qu'il ne doit pas finir !
Un bras plus puissant vous gouverne,
Passez, ô race subalterne,
Malgré vous l'œuvre se fera,
Et vous y travaillez vous-même ;
Travaillez ! c'est la chair qui sème
C'est l'esprit qui récoltera.

Préparons sa moisson féconde
De justice et de charité ;
Mais n'espérons pas en ce monde
Bâtir l'éternelle cité.
La vie est un voyage austère,
L'homme embellit en vain la terre,
Il n'en fera jamais le ciel !
Pourtant quand la vague est moins forte
Parons cette nef qui nous porte
Vers le monde immatériel.

Sous les plus riantes étoiles
Le pilote encor soucieux,
Qu'il déploie ou serre ses voiles,
A l'esprit tendu vers les cieux.
Il peut, lorsqu'un bon vent s'y joue,
D'or et de fleurs orner sa proue
Y dormir comme en un berceau ;
Mais il n'aura de paix certaine
Qu'au bout de cette mer lointaine
En quittant son frêle vaisseau.

FIN.

www.ingramcontent.com/pod-product-compliance
Ingram Content Group UK Ltd.
Pitfield, Milton Keynes, MK11 3LW, UK
UKHW020450220726
13923UKWH00005B/2445